歌集

逃走の猿

天野 匠

本阿弥書店

歌集　逃走の猿＊目次

装幀　花山周子

歌集

逃走の猿

天野　匠

その枝その幹

願望はわがままならず　ゆうぞらに螺子《ねじ》ほどの星またたくを視つ

ボルシチを恋う胃がふたつ灯りおり夜のりんかい線の車中に

オムレツの袋のなかに閉じこめたチーズ月影色にかがやく

アイスティーの氷一片《ひとかけ》ふと沈む死後硬直をおもえるときに

花のなき樹のすがしさや一頭の鹿見ゆるまでその枝《え》その幹

感情の悲喜につながる耳かとも入念に掻く黄砂のふる日

檻状の光《かげ》を路面に踏みゆけり夕べあなたと公園出でて

美容師

日月の濃き裏側を想うなり青き斑《ふ》の散るチーズ嚙みいて

体内のアラームとしてきざしくるぬめりぬめりと暁《あけ》の尿意は

生前も死後も叱りてくれぬひと写真の母は今日も微笑む

あおぞらへフォークリフトの爪上がりゆきたりあなたを下ろしにゆくか

梳き鋏ざっくざっくと入れながら美容師は湿る歳月を切る

リズムもてわが髪を切る美容師の無言好まし月の匂いす

虹

新宿の空《くう》に働くコピー機の数などおもう真昼の歩み

ウッドベースを抱えあげたる背中みゆ人を小柄に見せしむる楽器

駅前に聳える高級マンションといえど見た目は板チョコに似る

池袋よりくだりきて地下道の壁の刺青《タトゥー》を見つつし歩む

ここにいるよここにいるよと自転車を点滅させて秋の街ゆく

格差などと誰が云ったか首筋に虹をともした鳩寄るゆうべ

恐ろしき符号がふとも立ちあがる知識豊かに人しゃべるとき

カードのみ増えて重たき財布なり投げつけたれば凶器とならん

虹のように決してくぐれぬ門がある決してくぐらぬ門なお多《さわ》に

二〇一〇年十月一日、たばこ増税。セブンスターが一箱四四〇円となった。

透明なガラスにあたりはね返るひと巻き二十二円のけむり

禁煙をして三年か悔いながら喫っている夢このごろは見ず

ニコチンとカフェインの絶妙な組み合わせ熱く説きいし人もやめたり

赤いひこうせん

母の日に母想うこと常にして身のうちをゆく赤いひこうせん

生きてあらば六十六歳、　ある夜は逆算などして母を想うも

春泥のようなかがやき耳おぼろ鼻おぼろにて母の輪郭

ラタトゥイユ平らげしのち思いおり閉経のまえに死にたる母か

また少し白髪の増えし子となりて母の墓前にひょんとあらわる

俺が入ればもう空間《スペース》はないからとわが父墓に背を向けて言う

人疲れして帰る夜はゆらゆらゆらと母の五感に逢いにゆきたし

檸檬しぼりて

引きこもる雨のいちにちおのずから湧く鋭心《とごころ》に檸檬しぼりて

春寒の夜の液晶へひさびさに愛という文字打ちて灯せり

君のメール雨の峠をこえてくる昆布のように光沢《つや》めく夜を

くくくとテレビの画面指さして乙女めきたる時に愛しき

カフェオーレの氷は融けてなお熱し愉しき宵に酔いてあるごと

ふたり観る「風のガーデン」目が耳が倉本聰のシナリオに遊ぶ

新妻のごとく厨に君は立ち莢隠元を炒めはじめる

手で口をおおいて笑うしぐさ良し未来永劫のこる仕草か

一首入魂

楽しんで塞ぐようなり苦しんで弾むようなり噴水の水

三月の三つ葉かぐわしカツ丼の錦手の蓋つかみあぐるに

東日本大震災　五首

たかだかと大津波来るかたわらを急ぐ自動車その行方はや

水がこんなにありがたいとは…雨水で手を洗いつつ被災者の言う

「がんばれ」の言葉にかわる語はなきか陸前高田に雪ふりしきる

がらがらのスーパーの棚　なお人はたくましき手に物つかみ取る

過去はむだに明るかったか節電に馴れたるまなこ閉じて思えば

空間をひととき消して咲く花の数にかぎりはありて散るなり

*

はなびらは路面埋めつついつよりか陽にきらめけるさくらのうろこ

選べない弱さを抱きゆうやみの地の花びらを踏みわたりゆく

人々の予定を乱す春あらし駅のふところまで入りて吹く

音階をあがれるごとく駆け上がるエスカレーターのかなた春分

洗濯バサミの起源はあれかくちばしに何か咥えて鴉とびたつ

基本給わずかにあがりたることも春の些事なりドラヤキを食む

かつて二度鎖骨を折りし校庭が砂漠化しており記憶のなかに

十薬の白き花朽ち診察券などは持たざるイラクの童子

あじさいは無言あふるる藍の花　多情のメール読みおえて見つ
いままさに一首入魂の念いなり辞書を翼のようにひろげて

一行詩

光りつつ透きつつ泳ぐわたなかの烏賊にも苦きはらわたのあり

ふぐに中《あた》ることなけれども時折は人の毒素に触るるもよきか

ののののと鰻もひそむ水底と知りて親しき荒川を越ゆ

駅前に並ぶタクシーどれもどれも尻を灯せりその一行詩

百円玉こいよと財布手に振れば真っ先に落つ予備鍵《スペアキー》の銀

何ごともなき夜の果てオニオンの輪の空間を噛みちぎりおり

坂のぼる間に止みいたり蟬の身をわずかに濡らすほどの糠雨

炎上の投手となりてうなだるるひまわり一花団地の庭に

がっくりとすること多きこの夏よされどがっくりは俺を強くする

炎天に狂《ふ》れるべき日を空気《エア》ギター奏者のように飛べつばくらめ

面輪

認知症、独居、男性、拒否ありと聞きておののく初回訪問

軟便の付きたる服を脱ぎながら思うはあわれ金銭のこと

血行に風呂はいいですよと言いて熱きタオルに拭く指の股

新しき法にベッドを奪《と》られたる老人ありて間なく入院す

傾聴はときに切なしわがうちの老いた農夫が鎌ふりあげて

生きていても何もいいことないというときの面輪をかなしみ目守る

水を借り火を借りときに生《せい》の知恵を拝借しつつ返すことなし

自閉児のまなこの位置にしゃがみおり泣き止むまでを待つほかなくて

あやまてばたちまち死者の出る仕事リフトに吊りて人を移しぬ

「あっ」と言いしときに最後のから揚げが介助者われの箸より落ちる

月

嫌いな奴をとことん嫌う君の癖　雲のうしろをゆく紅い雲

君なりに苦しむらしも踏み入らぬ領域ありて銀の雨降る

あきかぜは人恋うちから孕むゆえ枯葉うごかす微力もつゆえ

たわいなき言交《こと》わしつつうす紅の茗荷を酢よりひきあげて食む

こんなもんじゃないよと空を睨むときすでに言い訳めく月あかり

月光をもて濯ぎおり偏見に侵されやすき眼球ふたつ

雀らをかわいがりいし白秋のまなじり愛し月とあゆめば

胡麻かおるバンバンジーを嚙みにけり食いしばることまれにある歯に

咲きのぼり巻きのぼりゆく朝顔の一念を見き夜更けて想う

鳴るひかるふるえる黙るさまざまの意志示しつつ電話ありたり

名を呼ばれ振りむくときにせんぷうきほどの角度をもつヒトの首

単純に検索すれば済むことと復誦気味の脳をあやぶむ

適当に合わせいるとき月へ手をのばせと命ずわれの海馬は

アルペジオ

男だけ出入りする夜の定食屋カレイの骨に独語こぼしき

内外《うちそと》の界をへだてて脱ぐ靴に獣の匂いはつかたちくる

いっせいに飛び立ちにけりどの鳩にとっても帰路かこの真澄空

みぎひだりさるすべり花をこぼしたり犬の歯ほどの紅《こう》を保ちて

5番線ホームに一人降りるとき毛穴に沁みて愛しあきかぜ

自己主張もっとせよとぞ遠景の曼珠沙華きりりと空間を焼く

鷲づかみするものなどもこのごろはなくてわずかにさびしいわが手

カレンダーもあと三枚か手触りいる指の愁いを分かち合いたし

晩秋を灰色の水とおもうときドリルの音のとおくひびくも

笛の音は媚びず滅びずあかときのガード下にて鳩の吹く笛

霜月の酸《す》ゆき夜風をふふみおり唇《くち》といううぬくき扉をあけて

少子化に関わるわれの生おもう行けども行けども榠櫨の実の下

真冬並みの寒さというを手の甲に享ければけさの骨よろこべり

忘年会の準備にひと日つぶれたり三人に徒労の絆生まれて

おろかしきビンゴの景品ああでもないこうでもないと選ぶ夕暮れ

夕刊をぱんとたたみぬ銃弾は国を貫きただにはるけし

三次会あるのだろうな新聞をくまなく読みて家を出でたり

呑みながら話題の輪からそれてゆくさびしさもちて海ぶどう食む

電車あるうちに去るひと記憶あるうちに帰ろとスープ飲むひと

枇杷を「美話」と聞きちがえたる女人あり辞書になきその言葉うるわし

暗緑、鬱金、朱、銀《かね》、群青　足し算の光なるべしクリスマスの灯

アルペジオなす電飾と思うまで音のなき音枝から枝へ

こぼれてやまず

詩歌より大切なもの思うときふと藍色の宵闇きたる

死なないでくれよと願う胸底にクロワッサンはこぼれてやまず

迎春の文字を好みしひととなりき霜月に逝き賀状返らず

やさしかったあなたを想い書きたれどあなたはすでにこの世にあらず

「娘は他界いたしました」の一行が目に沁みてくるその母の字が

まなうらにつきて離れず他界という一語のひびき一色のくらさ

天井の古き木目に眼据え霜月の死者へ語りかけたり

人死してかなしきときに振り仰ぐ霜降り肉のような夕雲

都市を眠らす雪

昼ながら都市を眠らす雪みつつ八階に熱きうどんをすする

東京の迷路浮き彫りとなるまでを成人の日の雪ふりやまず

ひさびさに見る雪だるま形《かた》いびつ全身よごれ蜜柑の目玉

あざやかに人の予想を裏切って降るとき雪の猛々しさよ

傘折れてより原人となりにけり吹雪のなかをまっすぐ歩む

あたたかいポットの頭なでながら降るなと願う雪ふりやまず

すき間だらけの

意識だけ坂をのぼらせ木の枝にささる満月見上げていたり

食券機に「焼《やき》」の字あまた灯らせてわが指すこしためらいにけり

少しずつ身から虚勢のはがれゆく感覚のなか四十となりぬ

はるかなるてのひら想う血痕のメスをあやつる師のてのひらを

歌会に負けたるわれは薄目してすすけた壁の品書きを見る

つかむべきもの多《さわ》にあれ車体より身を乗り出して駐車券取る

短文のメールを短文で返したり時限爆弾わたしあうごと

水槽に指をあてればすすすと寄り合ういのち鰭ふりながら

さつま芋ほどの大きさ　とくとくと首動かして地上の鳩ら

歩き方ペンギンに似る青年とすき間だらけの会話しており

明日雪の舞うとぞ伝うあたたかき窓の内よりながめていたし

予想通り予報は外れ夜の黒きダウンコートをすべる北風

中華丼は熱きがよけれあんかけの膜にふうっと息かけて食む

眉ふたつ

寒すぎて天向く顔か三日月のするどき踵《かかと》見上げつつ行く

笑う祖母笑わぬ祖父の面影をゆうべひとすじの水に浮かべつ

祖父の植えし松伐り倒す祖父の魂《たま》宿れるごとき剛直な木を

元日の実家にありてあわれあわれ己演じるひとときのあり

独り居の父に金庫の開けかたを教わるゆうべこれで三度目

子供等のため十年を預金してくれたる父と今夜諍う

老いながらさらに頑固になる父と高騰やまぬ鰻食いにゆく

無精髭なでつつおもう寡夫となり五人の家族養いし父

「父」の字に眉ふたつありその眉の柔和な線をなぞる冬の夜

転居葉書送れと父のこえ残る留守電聞きつつ夜の橋わたる

父の家とわが家をむすぶ曲線を往復書簡のごとく行き来す

雪の降る予報のまひる仮寝して時間指定の配達を待つ

のり弁の輪ゴムを外しながら見る人の通らぬ路地に散る雪

子が指でつくる銃口やわらかしその正面の母はバンザイ

母方の祖母《おおはは》知らず十人を育てし乳房想う雪の夜

新生活

窓外に未踏の雪は見えながら楤の芽入りのパスタ食みおり

「けっこん」が「血痕」にまず換わりたるわがパソコンをいぶかしむ夜

あっけなく婚姻届受理されて微笑むように雨の降り出す

ゆうぐれの役所をつつむ糠雨を忘れぬだろう　前途つゆけし

のこぎりと板を買いきてテレビ台作りし君に驚いている

夜おそき我を待つもの塩鮭とコンロの青き火と妻の背と

毒舌のことばにまじる少量の愛に触れたりその艶紅《つやべに》に

時間差の笑い声する隣室をひきよせるごと話しかけたり

自転車で三駅先の北戸田まで行きて箸など買いて戻りぬ

昭和のトースト

ゆうぐれは心渦まく刻なれば紅茶にレモンの車輪沈ます

人を待つ純喫茶にて嚙み余す厚き昭和のようなトースト

はつなつの硝子のかなた無数なる電波浴びつつ翔《かけ》る鳥あり

追いかけているような逃げているような乳色空《ちちいろぞら》を加速する鳥

花水木ひろぐる花は水平を目指せるごとし啄木忌過ぐ

哄笑に踏まるるは良し　エイヒレを二皿、ビールと馬刺も追加

まかないを掻き込む異国の青年を視界にいれて梅サワー飲む

靴ぬらすことにも馴れて雨おとこ雨おんな集う街より帰る

きゅうきゅうと人も魚も缶詰にさるることあり青梅雨の降る

うめぼしの肉体あまた寄り合いてねむれる見ればばん人語うとまし

藤色のうそ

自転車をぐいぐいと漕ぐこの朝の湿る職場を引きよせて漕ぐ

黒の出ない三色ボールペンばかりまろぶデスクに五月のひかり

不適切介護の調査届く午後鈍きこころを照らされている

「まだわたしゃもうろくする歳じゃない！」一〇三歳の女《ひと》の叫びは

橋ひとつ渡る思いに藤色のうそをまじえてつなげる会話

男比率すこぶる低き施設にて寡黙に生きる男の多し

大量のお菓子仕分ける午後三時「もっとちょうだい」など言われつつ

間食は大切にして入れ歯もてせんべい齧る音ひびきたり

三たび問われ三たび見せたる眠剤の空袋、正に飲みましたよと

ペーパーに十指拭きつつ思うこと介護士はよく手を使うなり

総義歯の口おさえつつ青ざめる夢から覚めて今日は大寒

全盲の老女に降っているのかと問われて気づく硝子の雪に

ラジオという媒体を日々楽しめる老女の描く空想の雪

牛乳をつぎつぎまわしてあたためて施設の電子レンジはたらく

職員もひと日ずつ老いてゆくだろう節分くれば鬼などになりて

立春の午後のデスクの散乱にまぎれて紙のこん棒はあり

食欲の満たされぬ怒りもつ人の元へと運ぶチョコとせんべい

急くこころを抑えおさえてコール音ひびく廊下をすり足でゆく

親不孝悔いる話を二十分膝折りて聞く介護士われは

何ごともなき真夜中のフロアーに陰拭《ほと》くためのタオル巻きおり

悔しさと怒りとかすかな諦めのなか削らるる介護報酬

働いて得たささやかな金銭を卵のように温めて生きよ

柔らかきこころとなるを常として夜勤明けとは艶《えん》なる時間

なぞるだけの言葉むなしと思いつつ会議の席を立ちてきにけり

フロアーを移りて三月《みつき》はたらくに猜疑のほそき眼あるを感ず

夏には夏の

夏には夏の枯葉あることタ風のつかみそこねた一枚を踏む

忘れ物の傘抱きはしる店員の姿《かげ》の素早さカフェーの窓に

アナウンスのこえ三重にかさなれる新宿駅に快速を待つ

迷走の四十年か初蟬の控え目に啼く樹下に思えば

カレーセット注文したる盲人がPASMOの残高を店員に訊く

線香の香を悪臭と感知する嗅覚さびし母の通夜以後

主《ぬし》すでにあらぬしずけさ　あの白いひこうき雲はいつも過去形

炎天にゆらめくものの一つにて路面に不惑の影を泳がす

雨の夜を銀のスプーンに掬いたる杏仁《あんにん》豆腐ふわり夏の香りす

絶唱の蟬にはあらず車体より防犯ブザー鳴りわたる午後

八月のおわりは夏がおわることジャガ芋カレーしずかに食べる

鼻腔センサー

新婚の夏果てにけり逆さまにワイングラスの羅列のひかり

しりとりをしながらゆけば妻わらい月光あわく電線を這う

検診を終えたる妻とゆうべ剥くしゃべりては剥く栗の鬼皮

重ね着の季節は到り、栗の実は渋皮という肌着をまとう

酒飲めぬひとがウィスキー入れてつくる渋皮煮サヴァラン風の艶艶《つやつや》

いちはやく秋の花粉を察知する鼻腔センサー妻も我も持つ

編み物をしすぎてあたまが痛いという愚かな浪費などしなくなり

再発の怖れ深からん妻の鍵に引っ付いているおまもりの鈴

くり返ししゃべるインコの動画見て夕べ笑いのギアあげる妻

スカパーのアンテナに着地する鴉とおく見ながら妻の愚痴聞く

納得のいかぬあれこれ重ねゆくその堆積を生と呼ぶべし

東京のはずれに棲みて十五年浮間公園に今日狸あらわる

喫茶「友路有《トゥモロー》」

引きこもる書窓へだててしんしんと檻なすまでに垂直の雨

半袖がうすら寒い日前腕におかかのような蚊が寄ってくる

団欒にメガネのおとこ四人いて一人饒舌三人寡黙

塩くさき悔恨に沈みいたるとき加湿器がかくりと水を呑みこむ

緑道をゆけば漫画のふきだしのように舞いくるけやき木の葉は

地下街の雑踏のなか佳き音をたてて福引きの球がころがる

赤羽の喫茶「友路有《トゥモロー》」に憩いつつ疎遠の友を思うしばらく

隣席のハングル聞きていたりしが同じなり「ああ」という感嘆詞

やすらぎは混沌《カオス》のなかにひらくものダージリンティー飲みつつ思う

みずからの齢の温度の湯につかりはかなく揉めり内股などを

ゆるやかにのり塩チップス食べる手が自動機械となる冬の部屋

何もないひと日の果てに触れている接着剤に湿るダンボール

美技

極まりはまだ知らぬとうイチローの美技観たし殊に補殺、三盗

レッドソックスの髭の男ら愉しげに塁めぐれるを中継に観つ

開幕の神宮球場めぐりにて渦巻きて舞うさくらはなびら

ストライク入らぬ投手の焦燥へ近寄りてゆくコーチの孤独

宮本がサードにいない神宮のナイターさびしとビール飲みおり

二つ折りの紙幣ならびて直立す美人売り子の指のあいだに

野球好きの同僚を得てこの春を神宮、ハマスタ、マリンにも行く

ウィンブルドンの芝の上なる攻防を眠くなりつつ今年も観おり

ひよこ色のテニスボールを握り立つボールボーイは従順な杭

フォアハンド良しバック良し充実の錦織圭のウィナーに飽かず

ユニクロを着た青き目のジョコビッチ　コソボ紛争の戦火を知りし目

芝の剝げ方が現代テニスを示すという現代短歌も変わりゆくべし

逃走の猿

眠れずにあおむく暁《あけ》のひとときを身のうちに棲む逃走の猿

煮あがれる玉こんにゃくの混沌に七味ひとふりしてビール飲む

人はみな母国語もちて生きて死ぬちらちらと灯は夜空を航《ゆ》きて

誰にいうことにもあらず亡き母の誕生日きて白梅ひらく

挫けては立ち上がるこの現し身でありたし童《わらわ》を幽棲《ゆうせい》させて

キオスクのよこの新聞自販機は春埃《はるぼこり》積み日月はやし

鉄橋を今わたるらし俯けるわれを光の縞が通過す

にんげんは端っこが好き空席となればすばやく端に寄る尻

春昼の皮膚科を出れば風立ちて蝶はタクトを振るように飛ぶ

カップ麺喰いおえて立つ職人の極太ズボンに薫風あそぶ

風のなき夜の校庭の鯉のぼりみな天を向き浮かぶ眉月

原色の選挙ポスターの前をくるポメラニアンの白質素なり

帰りきてのぞくポストはがらんどう半ばさびしみ半ば安堵す

予約

ふりだしに戻れず戻りたくもなし茄子の素揚げの塗り立ての艶

青春のエキス思えばかなしきに輪切りトマトの赤みずみずし

ニンニクのかたち親しも円陣の尻を外へと突きだす白さ

夏至に食《お》す生春巻やパクチーの主張ほわんと口に残して
この世へと押し出してやる枝豆のつややかな照り食えば楽しも

亡き母の齢となりぬ　四、五本の白毛《はくもう》まじるこの無精髭

となり町なれば思うよ母を焼きし戸田火葬場のくらき鉄扉を

にんげんを焼くところゆえ奇怪なる場所と怖れき八歳のわれ

夕蟬のリズムの中に思いおり人を焼くにも予約要ること

たまゆらを弦鳴るような音のして蟬ひとつ落つ闇濃き路地に

早世の母のおもかげ融けきらぬこと良し三十四年経ちても

光の墓地

個をもたぬ光の墓地かくろぐろと百のソーラーパネルの斜面

メール打つわが手に忍び寄れる猫スマホの角にすりつき遊ぶ

みずからの写真を消去するときの妻の指頭に力感のあり

八桁のパスワード打つかろやかに炎暑の購買欲満たすため

アラームのくり返し鳴る朝床に追いつめられし棋士のごとく居る

憤るわたしの横で動かぬと見せかけて動き出すプリンター

横綱批判、監督批判のことば噴くネットを切りて夕飯に立つ

「もしもし」のことば滅びず列島にスマートフォンの数殖えゆけど
コンビニの店員の手が伸びきたり年齢確認のボタン押すため

パットをさっと

特養の朝は静かだ部品まで肉の色した補聴器が鳴る

みそ汁に沈む入れ歯はMさんのものか食器を下げんとするに
介護士の憂き役どころ思うとき床にかすかに箸落ちる音

百歳のゆびに代わりて蜜柑むくストローをさすラップをはがす

右の目は看護主任を左目は彷徨中の老女を目守る

戸棚よりパットをさっと引き抜いて共用トイレへ先まわりする

大根を食べたら便秘が治ったと老女は笑いわれは頷く

四階の認知症フロアの窓に見る何事もなき孤雲《こうん》のひかり

もみじ散り視野ひろがると仰臥せるひとの云うなり色のなき空

三台のテレビはどれも「のど自慢」熱血男児の歌声ひびく

九十を越えたる女《おみな》馴れ初めを語りつつふと舌だして笑む

哄笑の起こらぬ施設　談笑はところどころに咲きて立冬

まっすぐ帰る

焼肉なら断然ランチ派の妻ときて手応えのなき呼び鈴を押す

選ぶのが迷うのが好きな妻を待つ金銀ひかる昼のカバン屋

熟睡の姿のままに売られいるネコ科イヌ科を妻と見透かす

心臓の位置のポケットに指を入れ生保更新のこと思いおり

眼科より戻れるゆうべ刀抜くようにベルトを引きぬいており

その価うなぎのぼりにあるがゆえ鰻丼《うなぎどんぶり》今年も食べず

ひときれのピザ焼きなおし甦《かえ》りくる熱き香味をたのしむ日暮れ

背後より「これが新宿」と声がする揉まれ押されてホームへ出るとき

椅子を寄せ机動かす小仕事まじえて進む午後の講義は

緩和ケアの講義聴き終え地下道に濡れた枯葉のかがやきを踏む

新宿の〈動く歩道〉のゴムの上を行きてわが脚十年《ととせ》若やぐ

踏まれたる野草のような青年の寝癖見ており夜の電車に

たまらなくつけ麺食いたき夜の胃に謝りながらまっすぐ帰る

睡らせておきし父性の騒《ぞめ》くまで焼酎蕎麦湯割りに酔いいき

保険ひとつ解約すればハロウィンのかぼちゃの口が吊り目が笑う

眠たくて外眼筋の弛《たゆ》む午後ふと逆光の雀うつくし

ゆうぐれのかっぱ橋道具街歩きいて此の世は筋《すじ》とおもうひととき

解説――音なき音に耳を澄ませて

山下雅人

今を生きる等身大の自画像が、少しの無理も無駄もなく、しなやかな文体で的確に描かれている……一読後、まずそのような感想が浮かんだ。作者三十代の作品がメインとなっているが、背景となっているこの十年をひと言でいえば、ＩＴによってもたらされた仮想現実が、抜き差しならないまでに個の内面に浸透してしまった空気感だ。しかし作者はそのような時代性と直接コミットするというより、そこにスペースを設けて、自らの来歴を問い直している。

願望はわがままならず　ゆうぞらに螺子《ねじ》ほどの星またたくを視つ
日月の濃き裏側を想うなり青き斑《ふ》の散るチーズ嚙みいて

歌集巻頭の一首目、星あかりはデジタルに、つまり一直線に届くのではなく「螺子」のように螺旋的にねじれて届くものだ、という認識は本歌集を貫いているポリシーだ。この螺子を緩めたり締め付けたりしつつある日々の感慨が、主調低音となっているといえよう。二首目の日月の裏側にまわりこんで事象を捉えなおす姿勢も特徴的だ。このスタンスは一見退嬰的にみえるが、実は時代との距離感を正確に推し量ろうとするもので、表層の空気にまぎれず自分を捜し求めようとするスピリットがそこにある。

ボルシチを恋う胃がふたつ灯りおり夜のりんかい線の車中に
オムレツの袋のなかに閉じこめたチーズ月影色にかがやく
アイスティーの氷一片《ひとかけ》ふと沈む死後硬直をおもえるときに

一首目、夜のりんかい線に寄り添う恋人同士の風景が思い浮かぶが、異色なのは「胃がふたつ灯りおり」という把握だ。まだ満たされていない空腹のふたつの胃が、バルーンのように都心の夜空にあてどなくさまよっている感じだ。お互い目に見えない閉塞感を共有しているのだが、ある瞬間それを突破する契機がある……それが湯気をあげているボルシチなのか。二首目も閉じ込められたものが、思いがけずに「チーズ月影色」となって宙空に発色するような、ときめき感が誘発される。作者にとって、それが短歌形式だった。短歌によって、もう一度世界の触感をなぞり直してみること……生きなおしてみることとして。それは三首目のように、生の裏側にある「死後硬直」まで、なぞってしまわずにはいられないことでもあるが。

新宿の空《くう》に働くコピー機の数などおもう真昼の歩み
駅前に聳える高級マンションといえど見た目は板チョコに似る
池袋よりくだりきて地下道の壁の刺青《タトゥー》を見つつし歩む
ここにいるよここにいるよと自転車を点滅させて秋の街ゆく

コピー機の無機質で無数な稼働、高級マンションが板チョコに見えてしまうという張りぼてのようなバーチャルな都市空間、地下道に刻まれた刺青が皮膚に乗り移りそうな昼夜ともつかぬ池袋……自転車に乗って「ここにいるよここにいるよ」と自らを点滅させなければ、たちまち空無へと呑みこまれてしまいそうな都市漂流民とも呼ぶべき浮遊感覚が、歌集前半には顕著だ。

そんな「あてどなさ」の感覚が微妙に変化するのは、四十七ページの「面輪」以降であろうか。作者は介護職員として、日夜介護を必要とする人々と接することになるのだが、それは作風の微妙な転換を促すものだった。要介護者を通じて抜き差しならぬ人としての現実に向き合ったというべきか。

〈認知症、独居、男性、拒否ありと聞きておののく初回訪問〉〈軟便の付きたる服を脱ぎながら思うはあわれ金銭のこと〉〈血行に風呂はいいですよと言いて熱きタオルに拭く指の股〉と直截的に歌うが、特に優れているのが次の二首だ。

傾聴はときに切なしわがうちの老いた農夫が鎌ふりあげて
「あっ」と言いしときに最後のから揚げが介助者われの箸より落ちる

要介護者の話をひたすら傾聴している間に作者の内には「鎌降る農夫」のイメージが不意にたちあらわれた。抑圧されていた何かがそこでひととき解放されたのかどうかはわからない。ただその間合いを「老いた農夫が鎌ふりあげて」と名付けるしかなかったのだ。二首目も要介護者への単純な同情やら、しまったという思いではない。まさに「あっ」という間合いのなかでしか発見できない人生の機微を捉えた。作者の抱えてきた生の空漠感が、要介護者という生身の人に触れることで、一瞬共振した間合いが「あっ」という声で、この世に発せられたようにも思える。これ以降、介護の現場をモチーフとして作者は歌い継いでいくが、それは単なる職場詠にとどまるものではない。過剰な思い入れはせず、施設利用者ひとりひとりの背景（背負ってきた時間）に思いを馳せて歌うことで、奥行のある秀歌が生み出されていった。

特養の朝は静かだ部品まで肉の色した補聴器が鳴る

介護士の憂き役どころ思うとき床にかすかに箸落ちる音

作者は実によく耳を澄ませている。静まりかえった特養の朝に不意に鳴りだす補聴器、それを「肉の色した」と捉えることで、そこに蹲って生きている老人の存在を捉えた。「利用者」といった職業的に突き放した見方からでは、このような作品は生まれない。二首目「箸落ちる」までは誰でも思うが、その「音」まで耳を澄ませることのできる介護士は、そうざらにはいないだろう。

〈右の目は看護主任を左目は彷徨中の老女を目守る〉〈何ごともなき真夜中のフロアーに陰拭《ほと》くためのタオル巻きおり〉〈親不孝悔いる話を二十分膝折りて聞く介護士われは〉〈戸棚よりパットをさっと引き抜いて共用トイレへ先まわりする〉

こういった一連では職業的スキルを身に着け、きびきびとたち働く場面が印象的で介護現場の「今」が鮮明に描かれている。だが作者の思いは、そこだけにとどまるものではない。

〈みそ汁に沈む入れ歯はMさんのものか食器を下げんとするに〉〈百歳のゆびに代わりて蜜柑むくストローをさすラップをはがす〉〈大根を食べたら便秘が治ったと老女

は笑いわれは頷く〉〈もみじ散り視野ひろがると仰臥せるひとの云うなり色のなき空〉〈九十を越えたる女《おみな》馴れ初めを語りつつふと舌だして笑む〉

様々な理由があって特養の施設に集う人々の思いを、さりげなく、だが本質的に五感を通じて触知していることが伝わる。

四階の認知症フロアの窓に見る何事もなき孤雲《こうん》のひかり
哄笑の起こらぬ施設　談笑はところどころに咲きて立冬

「孤雲のひかり」「談笑はところどころに咲きて立冬」この世の価値観から脱色された風景を、わかちあっている気配だ。このひととき、特養の老人たちと、介護士という境界が取り払われ、たったひとりの人間が、たったひとりの人間として向き合う場が歌われることになる。介護をモチーフとした短歌が云々される昨今だが、作者は介護士としての立場から、その現場を自己の内面に反映させて、柔らかく作品化した。現代短歌にとっても収穫といえるところだろう。

母の日に母想うこと常にして身のうちをゆく赤いひこうせん
生きてあらば六十六歳、ある夜は逆算などして母を想うも
ラタトゥイユ平らげしのち思いおり閉経のまえに死にたる母か

〈にんげんを焼くところゆえ奇怪なる場所と怖れき八歳のわれ〉〈春泥のようなかがやき耳おぼろ鼻おぼろにて母の輪郭〉〈また少し白髪の増えし子となりて母の墓前にひょんとあらわる〉とも歌われているように、八歳で死別した母への挽歌は繰り返し歌われ、本歌集の通奏低音の役割を担っている。母は、ただ追想される存在でなく、「赤いひこうせん」として、つねに作者の過去、現在、未来を漂っている。母という魂の深層に流れるせせらぎに耳を澄ませることで、その都度その都度人生を純粋《ピュア》にリセットしているようだ。若くして身罷った母はそのまま変わらず、敢えていえば守護霊のような存在として、作者の来歴を見守っている。音のなき音のように。

　アルペジオなす電飾と思うまで音のなき音枝から枝へ
　君のメール雨の峠をこえてくる昆布のように光沢《つや》めく夜を
　選ぶのが迷うのが好きな妻を待つ金銀ひかる昼のカバン屋

アルペジオとは和音を一音ずつ弾いてリズム感や深み、余韻をもたらす音楽用語だが、本歌集のモチーフを象徴しているようにも思える。読みどころである相聞歌の一連においても天野匠は、見えないひびきの領域にまで耳を澄ませ、五感を研ぎ澄ませているのだ。仮想現実にコミットするのではなく、その隙間にある身体を伴った五感のひびきがどれだけ豊かなものであるかを読者は受けとめてくれることだろう。

あとがき

本集は二〇〇三年夏から二〇一六年初頭にかけてつくった歌の中から、三〇八首を選んでまとめた私の第一歌集である。作品の配列は制作年代順ではなく、季節のながれや内容の共通性を意識して編集した。

タイトルは集中の一首、〈眠れずにあおむく暁《あけ》のひとときを身のうちに棲む逃走の猿〉から採った。不眠にもがく一時の感情の喩として、この「逃走の猿」はあるだろうか。万人には伝わりにくいかもしれないが、何かと息苦しい現代にあって、清らかで明快なものよりも、生硬で謎めいているぐらいの方が、言葉としての力を持つのではないかと思い、書名とした。

「白南風」の創刊に参加し、短歌をつくるようになってから今年で十六年になる。思い返してみると、歌をはじめたころの私の心は相当に危うい状態にあったといえる。定職に就くことが叶わず、青年期特有の煩悶に圧される中で、鬱屈した心を募らせていた私は、自身の置かれた状況から逃走するように歌作にのめり込もうとした。もちろん逃げおおせることは出来なかったし、簡単にのめり込ませてくれるほど易しい詩型でもなかったのだが、そのような逃避の場所を当時は必要としていたのだ。

その後、歌の難しさに直面していく中で、歌は逃避の場所というよりも、日常の何げない景色や刻々の感情の変化を切りとる詩型として、少しずつ認識されていったように思う。一方で、歌会における相互批評、先人達の歌集を読み漁る中で得た恩恵、歌友たちとの関わり、そういった諸々に、短歌作者としても生活人としても育てられてきた面が多々ある。まだまだ課題はいっぱいあるが、ひとまずここに第一歌集をまとめることが叶い、深い感慨を覚えずにはいられない。

この度、「白南風」に入会して以来ご指導くださっている鈴木諄三先生より帯文を賜り、鈴木千代乃先生からは構成面等で貴重な助言をいただいた。長い間あたたかく見守ってくださっている両先生にあらためて感謝の意を表したい。

また、ご多忙の中、解説を引き受けてくださった山下雅人氏からは、超結社の歌会であるカノンの会でいつも刺激をいただいている。日頃のご厚情とあわせて心よりお礼申し上げる。

出版にあたっては、本阿弥書店社主の奥田洋子氏にお世話になり、編集担当の池永由美子氏には細部にわたってお骨折りいただいた。記して深く感謝申し上げる。

平成二十八年三月

天野　匠

著者略歴

天野　匠（あまの　たくみ）

昭和48年埼玉県生まれ。
平成12年「白南風」入会。鈴木諄三に師事。
現在「白南風」編集委員。

住　所　〒115-0051　東京都北区浮間2-24-28-301

歌集　逃走《とうそう》の猿《さる》　白南風叢書第56篇

2016年5月20日　発行

定　価　本体2700円（税別）

著　者　天野　匠

発行者　奥田　洋子

発行所　本阿弥《ほんあみ》書店

東京都千代田区猿楽町2-1-8　三恵ビル　〒101-0064
電話　03(3294)7068(代)　振替　00100-5-164430

印　刷
製　本　三和印刷

ISBN 978-4-7768-1237-1 (2956)　Printed in Japan